Norma Bräutigam

Grausame neue Welt

story.one – Life is a story

story.one

FSC
www.fsc.org
MIX
Papier aus verantwortungsvollen Quellen
Paper from responsible sources
FSC® C105338

1st edition 2024

Production, design and conception:
story.one publishing - www.story.one
A brand of Storylution GmbH

Font set from Minion Pro, Lato and Merriweather.

ISBN: 978-3-7115-4827-6

“Ich brauche keine Bequemlichkeiten. Ich will Gott, ich will Poesie, ich will wirkliche Gefahren und Freiheit und Tugend. Ich will Sünde.«

- Aldous Huxley, Schöne neue Welt

INHALT

Anfang

Oberfläche

Es war eine klare Nacht, als das Feuer ausbrach. Dunkle Gestalten mit langen Fackeln huschten durch die engen Gassen von Tenevra und setzten die prunkvollen Häuser in Brand. Der schwarze Himmel färbte sich blutrot, und die friedvolle Stille wurde von markerschütternden Schreien durchbrochen. Menschen rannten aus ihren Häusern und suchten nach einer Möglichkeit zu entkommen, doch die Flammen umschlossen die Stadt wie ein Käfig.

„Eine neue Weltordnung hat begonnen, ich habe es gewusst, ich habe es gehört. Die Nachrichten waren voll davon. Sie wollen uns umbringen, unsere Leben sind nichts mehr wert“, stammelte eine Frau, die ihr neugeborenes Baby fest an sich drückte. Das Baby weinte, und die Frau weinte auch, da sie das Feuer bereits auf ihrer Haut spürte. Sie wollte fliehen, ihren Mann finden und ihre Kinder in Sicherheit bringen, doch die Familie wurde beim Einsturz des Hauses getrennt, und sie war jetzt ganz auf sich allein gestellt.

Eine Gestalt tauchte vor ihr auf – ein Mann in feuerfester Kleidung, dem die Flammen anscheinend nichts ausmachten. Er hatte eine Decke dabei, die er von seinen Schultern nahm, als er die Frau sah.

„Folgen Sie mir, ich bringe Sie in Sicherheit", sagte er und legte die Decke um die Frau und das Kind. Ohne Widerworte drückte die Frau sich an ihn und schützte sich vor dem dichten Rauch, der bereits in ihren Lungenflügeln brannte. Sie kämpften sich durch die einstürzende Stadt in Richtung Zentrum, vorbei an brennenden Menschen und hohen Flammen. Der Mann führte die beiden in eine Kirche, die feuerfest zu sein schien und in der sich bereits Dutzende Menschen versammelt hatten, um Unterschlupf zu finden. Panisch hielt die Frau Ausschau nach ihrem Mann und ihren Kindern, doch sie waren nicht zu sehen.

„Lasst uns rein! Wir waren zuerst hier", schrie ein Mann und drohte mit einem Messer, als die drei sich durch die Kirche zum Altar bewegten.

„Helft uns! Wir haben doch nichts Unrechtes getan!“, bettelte eine alte Frau, als eine kleine Tür geöffnet wurde und die Frau mit ihrem Kind einen engen Gang in den Keller des Gebäudes hinunterlief. Es war dunkel, deshalb musste sie jede einzelne der rutschigen Stufen langsam mit den nackten Füßen ertasten. Hinter ihnen riefen Menschen weiter um Hilfe, doch der Mann aus den Flammen schloss die Tür und verriegelte sie mehrfach. Die Flammen stiegen höher und nahmen nun auch die Kirche ein. Balken stürzten von der Decke und begruben alle Menschen, die sich nicht in die Sicherheit der Tiefe begeben konnten. Innerhalb kürzester Zeit war die ganze Stadt abgebrannt.

Auf der Asche der vielen unschuldigen Menschen und der Häuser, die einst ein warmes und gemütliches Zuhause boten, entstand Aurelia – eine Stadt, die neu und reich war, in der sich alle mochten und in der es kein Leid gab. Eine Stadt, die durch Blut und Tod entstanden war und in deren Untergrund trotzdem weiterhin die Gesetzlosigkeit herrscht.

Sola

Oberfläche - 300 Jahre später

Die Sonne hüllte Aurelia in einen goldenen Schleier, während Sola am Abend ihres achtzehnten Geburtstags die weiten Straßen zu ihrem Elternhaus zurücklief. Sie schlurfte über den weißen Marmor und knibbelte an dem Saum ihres grünen Kleides, bis sich einzelne Fäden daraus lösten. Es war eigentlich ein schöner Tag gewesen: Morgens hatte sie mit ihren Eltern am Pool gefrühstückt und nach der Schule war sie dann bei ihren Freunden gewesen, doch trotzdem spürte sie diese Leere in sich. Den ganzen Tag hatten sie in der Sonne gelegen und sich ausgemalt, wie es nächstes Jahr sein wird, wenn sie alle an einer der drei Universitäten der Stadt studieren würden. Niemand wollte weg, denn Aurelia war perfekt. Es war ihre Heimat und die fortschrittlichste Stadt der Welt. Hier gab es kein Chaos, keinen Krieg und keinen Neid. Jeder wusste, was seine Bestimmung war und wo er hingehörte. Sola würde Idealismus studieren, wie es bereits ihre

Mutter getan hatte, und danach als Humanverbesserer arbeiten, um den Menschen dabei zu helfen, eine noch bessere Version ihrer selbst zu werden. Warum war da also dieser Zweifel? Warum stellte sie sich Tag für Tag die Frage, was nicht mit ihr stimmte?

"Guten Abend", grüßte sie einer der Wächter, als sie zu Hause angekommen war. Er öffnete ihr die schweren vergoldeten Türen zur Villa und grinste sie dabei an, als wäre das eine der erstrebenswertesten Aufgaben auf diesem Planeten. Schweigend stieg sie die Treppen zu ihrem Zimmer hinauf. Ihre Schuhe klackerten über den polierten Boden, während sie sich auf die Suche nach einer Jacke machte. Sie wollte noch mit ihren Freunden tanzen gehen, doch es war etwas kalt geworden ... Außerdem war sie ganz froh, einmal kurz eine Pause von der guten Laune zu haben.

"Wir müssen es ihr sagen, sie hat ein Recht darauf", hörte Sola auf einmal ihre Mutter schreien. Sie blieb stehen und wollte sich gerade bemerkbar machen, als ein weiterer Satz fiel: "Sie wird merken, dass sie keiner von uns ist; sie kommt doch jetzt schon nicht mit dieser Welt zurecht."

Keiner von uns? Solas Herz begann zu klopfen. Was meinte sie damit?

"Und was sollen wir ihr denn bitte sagen? Dass wir sie ihren Eltern entrissen haben und hier an die Oberfläche geholt haben, weil wir keine eigenen Kinder bekommen können? Dass sie eigentlich aus der Unterwelt kommt und niemals hier hätte sein dürfen?", blaffte jetzt Solas Vater und trat gegen den Schreibtisch. Eine Vase begann zu wackeln und fiel zu Boden. Der blassrosa Teppich saugte sich mit Wasser voll und färbte sich blutrot.

Solas Knie wurden weich, und sie musste sich an der Wand abstützen, um nicht von dem ohrenbetäubenden Lärm zu Boden gerissen zu werden, der sich jetzt in ihrem Kopf breit machte.

Von den Eltern entrissen? Aus der Unterwelt? Aus TENEVRA?!

Alek

Untergrund

Es gab wohl keinen trostloseren Ort als das Gefängnis von Tenevra. Die Kälte der Tiefe drang durch die feuchten Steinwände, Ratten plünderten die wenigen Nahrungsrationen, die die Insassen bekamen, und die ewige Dunkelheit wurde nur von wenigen schwachen Lampen durchbrochen. Dennoch war das nicht der schlimmste Ort, den Alek in seinem Leben je gesehen hatte. Der schlimmste Ort war sein Zuhause, kurz nach dem Attentat. Er musste unaufhörlich daran denken; die Erinnerung war wie ein Film, der sich in Dauerschleife in seinem Kopf abspielte. Die Musik aus dem Fernseher, das Rauschen der Lüftung und die Totenstille, die aus dem Wohnzimmer zu ihm drang, als er das Haus betreten hatte, hatten sich in sein Gehirn gebrannt.

"Hallo? Jemand zuhause?", hatte er gerufen, als er die offene Wohnungstür bemerkt hatte. Es war seltsam, dass ihn niemand begrüßte; normalerweise fiel ihm seine Frau direkt sehnsüchtig in die Arme und seine kleine Tochter klatschte vor Freude in die Hände. Alek stellte seine Sachen neben die Tür und behielt die Schuhe an. Der Boden war dreckig, als sei hier jemand eingedrungen. Sein Puls beschleunigte sich, er hatte ein ungutes Gefühl. Die Wohnzimmertür war geschlossen, doch es drang das Geräusch des Fernsehers zu ihm durch. Vielleicht hatten sie ihn ja nicht gehört? Er nahm die Türklinke in die Hand, als ihm etwas ins Auge fiel. Etwas Kleines, Rotes, auf der Höhe seiner Hüfte. Ein Abdruck von einer kleinen Hand, direkt dort, wo seine Tochter immer gegen die Tür hämmerte, wenn sie diese nicht aufbekam. Er war frisch, die rote Farbe schimmerte noch im Licht. Es dauerte einen Moment, bis Alek realisierte, was das war. Blut. Sein Herz begann zu rasen. Mit voller Wucht öffnete er die Tür und blickte auf das Grauen, das er von nun an nie wieder vergessen würde.

Die Ratte kreischte laut auf, als Alek sie packte. Sie wollte sich über sein Essen hermachen. Er hatte zwar keinen Hunger, aber das war egal, es war seins. Er würde sich nicht nehmen lassen, was ihm gehört. Nie wieder. Er hob das Tier auf und versteckte es in seiner Hosentasche.

"Wärter, da ist etwas in meinem Essen", rief er und trat an das verrostete Gitter seiner Zelle.

Genervt kam einer der Wachen vorbei und leuchtete mit einer Taschenlampe in den dunklen Kerker.

"Ist mir doch egal", blaffte er. "Dann iss es halt nicht."

"Aber das ist seltsam, schau mal", sagte Alek und hielt seinen Teller an die Stäbe. Der Wärter beugte sich desinteressiert nach vorne, um die mickrige Mahlzeit genau zu begutachten. In diesem Moment packte Alek die lebende Ratte und schleuderte sie dem Wärter direkt ins Gesicht. Die Ratte biss sich blitzschnell in dessen Wange fest. Der Mann schrie auf vor Schmerz und Panik und frisches Blut tropfte aus der offenen Wunde. In der Verwirrung griff Alek mit schnellen Händen nach dem Schlüssel am Gürtel des Wärters. Es war Zeit zu gehen, er hatte schließlich noch etwas zu erledigen, bevor die Ratten auch ihn fressen würden.

Kaspar

Oberfläche

Die Sonne schien unermüdlich in Aurelia, sie brannte rote Abdrücke auf Kaspars blasse Haut. Nach dreißig Jahren unter der Erde war er es nicht gewohnt, in der Hitze zu stehen, doch das war egal. Alles war besser als das dunkle, feuchte Tenevra. Er schmierte sich die wunden Stellen ein, während er das Treiben auf dem Marktplatz begutachtete und sich überlegte, wie er an die nächste Mahlzeit kommen würde. Die Menschen waren ruhig, niemand hatte es eilig an diesem Morgen. In Aurelia hatte es grundsätzlich nie jemand eilig, alles war bis ins kleinste Detail durchgeplant und jeder hielt sich auch daran. Jeder konzentrierte sich auf seine Aufgaben, deshalb schenkte ihm auch keiner Beachtung, wenn er mal hier und da etwas mitgehen ließ. Es gab hier keinen Frevel, wie man ihn im Untergrund an jeder Ecke traf. Er war die blasse, dürre Person mit den blutunterlaufenen Augen, die sich nur im Schatten fortbewegte und der keiner Beachtung schenkte. Keiner außer zwei Personen. Die erste Person war ein blonder Mann mit kantigem Kinn und giftgrünen Augen gewesen, der ihm im Vorbeigehen beschwichtigend einen Zettel in die Hand drückte. Kaspar war erst wie versteinert stehen geblieben, er hatte Angst, dass man ihn wieder zurück in das Drecksloch schicken würde, doch als der Mann verschwunden und er wieder unsichtbar geworden war, hatte er sich das weiße Blatt Papier in seiner Hand genauer angeschaut.

Wer an der Oberfläche bleiben will, der muss sich ins System integrieren und arbeiten. Bring mir bis Ende der Woche einen Menschen, der sich nicht an die Vorschriften hält, und du erhältst einen Platz in unserem wunderschönen Aurelia.

Kaspar war schlecht geworden. Er hatte davon gehört. Aurelia mag wunderschön sein, doch es ist eigentlich genauso grausam wie Tenevra, ... wenn nicht sogar schlimmer. Wer sich hier nicht an Vorgaben hält, der wird bestraft. Natürlich erledigten die feinen Bewohner die Drecksarbeit nicht selbst. Sie ließen das die Leute aus dem Untergrund machen. Man hatte ihm erzählt, dass es fast niemand länger als ein paar Tage hier oben schaffte, ohne zu verschwinden. Wohin die Menschen verschwanden, das wusste keiner.

Der Hunger hatte Kaspar zuerst davon abgehalten, nach einer abtrünnigen Person zu suchen, doch als er das hübsche junge Mädchen im grünen Seidenkleid traf, das mit verschmierter Schminke und zerzausten braunen Locken über den vollen Platz taumelte, wusste er, dass das seine Chance war. Sie war die zweite Person, die ihn bemerkte.

"Kommst du aus Tenevra?", fragte sie ohne eine Begrüßung.

"Wer will das wissen?", fragte er, und obwohl er im Schatten stand, musste er seine Augen abschirmen, um das traurige Wesen vor ihm betrachten zu können. Obwohl sie in teuren Sachen steckte und ihre dunkle Haut der Sonne trotzte, wirkte sie doch verloren.

"Ich bin Sola Opimitas und ich bin auf der Suche nach meinen leiblichen Eltern."

Aries

Oberfläche

Die hellen Scheinwerfer ließen die weißen Marmorfliesen der großen Villa noch weißer erscheinen, als sie es ohnehin schon waren. Das Kamerateam musste Hauben über die Schuhe und das Equipment ziehen, um das Gebäude überhaupt betreten zu dürfen. Seit 20 Minuten warteten sie nun schon, bereit für die Aufnahme. In Aurelia war nie jemand unabsichtlich zu spät. Sie mussten warten, um ihren Respekt zu zeigen. Respekt vor der großen Führerin ihrer Gemeinschaft: Präsidentin Aries.

Die große Flügeltür zum Saal öffnete sich, und eine große, schlanke Dame mittleren Alters mit weißem Haar und vornehm blasser Haut betrat den Raum. Sie trug ein goldenes Kleid mit weitem Rock und sehr hohen, dünnen Absätzen, deren Klackern auf dem polierten Untergrund wie blanker Hohn klang. Ihre smaragdgrünen Augen betrachteten die dürren Gestalten, die auf sie warteten: eine Journalistin mit krausem Haar und abgeknabberten Fingernägeln und ein Kameramann mit blutunterlaufenen Augen. Sie hatten sich zurechtgemacht, doch an ihnen klebte der Gestank der Unterwelt.

"Vielen Dank, dass Sie diesem Interview zugestimmt haben und sich die Zeit für uns nehmen", sagte die Journalistin mit zerbrechlicher Stimme.

"Tenevra ist ein Teil meines Volkes, natürlich nehme ich mir die Zeit."

"Dann haben Sie bestimmt kein Problem, wenn ich Ihnen ein paar Fragen stelle."

Aries antwortete nicht, ihr Blick war direkt in die Linse der Kamera gerichtet.

"Okay ... Ähm ... Krieg, Hunger und Leid beherrschen Tenevra seit der Entstehung der neuen Welt. Was wollen Sie dagegen tun?"

"Nichts. Es gibt einen Grund für die neue Welt; die alte Welt hätte nicht bestehen bleiben sollen. Die Menschen sollten froh darüber sein, dass sie geduldet werden."

"Sollte nicht jeder die Chance haben, ein glückliches, erfülltes Leben zu führen?"

"Wer es schafft, sich in unser System zu integrieren, der hat auch die Chance auf ein glückliches Leben."

"Was ist mit denen, die es nicht schaffen, sich zu integrieren?"

Eine bedrückende Stille machte sich im Raum breit, es roch nach Angst und Schweiß. Aries wandte ihren Blick jetzt zu dem unscheinbaren Wesen neben der Kamera. Eine Frau, die jahrelang in der Dunkelheit gelebt hatte. In ihren dunklen Augen lag Wut, eine Wut, die so groß war, dass sie wohl zu allem bereit war. Sie nahm ihren Mut zusammen und sprach aus, was sich bis jetzt noch keiner getraut hatte zu sagen:

"Und was sagen Sie zu dem Vorwurf, dass in Aurelia Experimente an Menschen aus Tenevra gemacht werden?"

Roxana

Untergrund

100 Tage. Roxana blickte auf die Striche, die sie heimlich hinter der Kommode an die Wand malte. Ganze 100 Tage war sie jetzt in Gefangenschaft und ihre Familie hatte sie immer noch nicht gefunden. Ob ihre Eltern sie überhaupt suchten, nachdem sie abgehauen war, ohne etwas zu sagen? Sie knabberte an ihren Fingerkuppen. Nachdem ihr Bruder verschwunden war, hatten ihre Eltern schließlich auch nichts unternommen. Sie hatten nicht einmal geweint, sie taten so, als wäre alles wie zuvor. Roxana wusste, dass sie und ihr Bruder schon immer anders waren als der Rest, sie waren die einzigen in ihrem Umkreis, die etwas empfinden konnten. Alle anderen Menschen waren kalte, seelenlose Geschöpfe, die unter keinen Umständen Fehler begehen wollten. Eine Zeit lang hatte sie gedacht, dass sie falsch war, irgendwie kaputt, doch dann war sie auf der Suche nach ihrem jüngeren Bruder nach Tenevra gekommen. Im Untergrund waren die

Menschen nicht so perfekt, doch das war nicht wirklich besser. Hier war jeder verzweifelt, traurig und genauso egoistisch wie in ihrer Heimat. Am schlimmsten war aber der Mann gewesen, der ihr erzählt hatte, dass er ihren Bruder kannte. Er hatte sie belogen und in eine Falle gelockt, aus der sie nie wieder herauskommen würde.

"Roxana, wir müssen uns anziehen", wurde sie von Sola unterbrochen. Sola war ebenfalls von der Oberfläche, sie gehörte zur Familie Opimitas, einer der wohlhabendsten und einflussreichsten Familien Aurelias. Sie war bereits hier in diesem Kellerloch gefangen, als Roxana dazukam, und 22 Tage später kam dann Barney.

Barney war nicht aus Aurelia. Er kam aus Tenevra, das konnte man an seinen vielen Narben und dem Schmerz in seinen braunen Augen erkennen. Sein Vater hatte ihn hier hergebracht und an die Menschenhändler verkauft, die sie alle hier eingesperrt hatten. So lebten sie jetzt zu dritt auf einer Fläche von knapp 60 Quadratmetern. Nur sie drei, niemand anderes war hier in der kleinen Wohnung ohne Türen und Fenster. Sie waren gefangen. Alle drei Tage wurde ihnen Nahrung, Hygieneartikel und Putzmittel durch einen kleinen Schacht in der Wand gereicht, doch auch da ließ sich nie ein Mensch blicken.

"Roxana, mach schnell, sie werden uns sonst nichts zu essen geben", flehte Sola ein zweites Mal. Barney stand neben ihr und streifte sich ein graues Shirt über den muskulösen Oberkörper. Er klebte an Sola wie Kaugummi, seit er hier angekommen war.

Genervt sah Roxana das rosa Rüschenkleid an, das sie ihr gegeben hatten, und schaute wütend in die große Kameralinse, die sich ihr gegenüber an der Wand befand. Sie wurden beobachtet, Tag und Nacht. Jeder Schritt, jeder Atemzug und jedes Wort wurde kontrolliert, und sobald sie etwas taten, das ihnen nicht passte, wurden sie mit Nahrungsentzug bestraft.

"Wisst ihr was, ich bin jetzt schon seit 100 Tagen hier und ich hab keinen Bock mehr", schnaubte Roxana voller Wut und spuckte auf den Boden. "Fickt euch!"

Richard

Oberfläche

Die Nacht hüllte Richard in einen grauen Schleier, der perfekt zu seiner Stimmung passte. Sie war weg, seine Frau hatte ihn verlassen. Erst Sola und jetzt sie. Er war ganz allein, wertlos. So hart hatte er für seine Familie gearbeitet und jetzt ließen sie ihn zurück. Richard blickte in den leeren Kleiderschrank vor seinem Bett, sie hatte alles leergeräumt. Ein seltsames Gefühl machte sich in ihm breit, ein Gefühl, das er bis jetzt nur ein einziges Mal gefühlt hatte: Versagen. Er hatte wieder versagt, wie damals, als sie den negativen Schwangerschaftstest in den Händen hielten. Er war nicht in der Lage, Kinder zu bekommen, was ihn in dieser Welt als fehlerhaft deklarierte. Hätte er damals nicht das kleine Mädchen gefunden, dann hätten sie ihn getötet ... oder Schlimmeres getan. Er rieb sich mit der Hand übers Gesicht und dachte nach. Was sollte er jetzt tun? Wie konnte er sein Versagen weiter verstecken?

Ein Klirren riss Richard aus seinen Gedanken. Er schreckte hoch und stellte sich auf. Waren sie zurückgekehrt? Hatte seine Frau ihre gemeinsame Tochter gefunden und wieder mit nach Hause gebracht?

"Sola?", rief Richard hoffnungsvoll, doch es kam keine Antwort. Es war still, zu still, außerdem war alles noch grau. Sie hätten doch das Licht angemacht, wenn sie nach Hause gekommen wären. Richards Herz begann schneller zu schlagen. Hatte er sich verhört? War er noch allein? Er streifte seine Schuhe ab, um auf Zehenspitzen aus dem Zimmer zu schleichen. Der Gang vor ihm lag leer. Er wollte gerade den Lichtschalter betätigen, als ihm etwas ins Auge fiel. Auf dem Boden glitzerte etwas, er konnte es im Dunkeln nicht genau erkennen, doch es sah aus wie ein Bilderrahmen. Ihr Familienfoto! Es war von der Wand gefallen. War das ein Zeichen? Wollte das Universum ihm damit etwas mitteilen? Er bückte sich, um das Foto aufzuheben, auf dem sie alle strahlend in die Kamera blickten. Sie waren glücklich, eine perfekte Familie, wie es das System wollte, doch er hatte alles kaputt gemacht. Idiot, dachte er sich.

"Wieso hast du das getan?"

Richard ließ das Foto wieder los. Es fiel zu Boden und zerbrach in drei gleichgroße Teile. Er war doch nicht allein, jemand war in sein Haus eingedrungen. Ihn blickten zwei unscheinbare Augen aus der Dunkelheit an. Eine Gestalt stand dort im Verborgenen und rührte sich nicht.

Schweiß lief seinen Rücken hinunter, und seine Hände begannen zu zittern. Die Gestalt trat nun aus dem Schatten hervor und wurde vom hellen Licht des Mondes enthüllt. Es war ein großer, breit gebauter Mann mit heller Haut und langem schwarzem Haar. Richard konnte sein Gesicht nicht genau erkennen, doch das musste er auch nicht. Er kannte den Mann.

"Alek", stieß Richard atemlos hervor. "Wie ... wie hast du es hierher geschafft?"

Alek antwortete nicht. Er zog ein Messer aus seiner Tasche und stach es, ohne mit der Wimper zu zucken, in Richards Hals.

Barney

Untergrund

Zwei Wochen war es jetzt schon her, seit sie Roxana erschossen hatten. An der Wand des Wohnzimmers erinnerte ein brauner Fleck noch an sie, ansonsten hatte Barney alles sauber gemacht. Er hatte das Blut, die roten Haare und die kleinen Stückchen von der Tapete geschrubbt und die Tücher zusammen mit ihrem toten Körper in einen großen Müllsack gepackt und durch die Klappe nach draußen gereicht. Zum Glück war sie sehr klein gewesen, hätten sie ihn erschossen, wäre es wohl etwas schwieriger gewesen, ihn zu entsorgen.

"Hilfe! Helft mir", schreckten Solas Worte Barney aus seinen Gedanken. Sie lag neben ihm und wälzte sich hektisch im Schlaf hin und her.

"Hey, alles gut. Alles gut, ich bin bei dir", flüsterte Barney und zog ihren glühenden Körper an seinen.

Schon seit sie hier angekommen waren, hatte sie ständig Albträume, doch jetzt, nachdem sie ansehen mussten, wie Roxanas Kopf in tausend kleine Stücke gesprengt wurde, waren die Träume kaum auszuhalten für sie. Barney versuchte, sie immer ganz nah bei sich zu haben, um sie zu beruhigen, doch das half kaum. Solas braune Augen öffneten sich, und sie sah ihn durch ihre langen dunklen Wimpern mit einem hilfesuchenden Blick an.

"Was ist passiert?", fragte sie mit zitternder Stimme.

"Nichts, du hast nur schlecht geträumt", sagte Barney und streichelte ihr über die Wange. Es zerbrach ihm das Herz, ihr nicht helfen zu können. Sie war so ein zartes und unschuldiges Wesen, das den ganzen Scheiß hier nicht verdient hatte. Nicht so wie er, er hatte das sehr wohl verdient. Er war in dieser düsteren, grausamen Welt aufgewachsen und hatte nicht das erste Mal eine Leiche verschwinden lassen.

"Ich bin so froh, dass du bei mir bist", flüsterte Sola und drückte ihren Kopf an seine Brust, sodass ihre dunklen Locken sein Gesicht streiften. Barney strich die Locken beiseite und griff nach ihrem Kinn, um ihr in die Augen schauen zu können.

"Nein, ich bin froh, dass du bei mir bist", sagte er und gab ihr einen flüchtigen Kuss. "Wenn du bei mir bist, vergesse ich all das Elend um mich herum."

Solas Finger gruben sich in seine Oberarme, als sie seinen Kuss erwiderte, viel länger und inniger. Barneys Körper reagierte sofort auf sie, und er richtete sich auf, um ihr das Nachthemd nach oben zu schieben und ihren durchtrainierten Körper freizumachen. Er küsste die Innenseite ihrer Schenkel, arbeitete sich dann nach oben zu ihren runden Brüsten und dann zu ihrem Mund. Sie stöhnte auf, als er in sie eindrang, und ihre Finger glitten über die Narben auf seinem Rücken.

"Ich liebe dich, Barney, du bist so perfekt unperfekt", flüsterte sie.

Einar

Oberfläche

Die Türen des weißen Transporters öffneten sich und Einars Blick fiel auf das Dutzend zusammengerollter Menschen, das sich im Wageninneren befand. Es stank nach Angst und Exkrementen, und ein leises Wimmern ertönte, als der Schlagstock des mageren Jungen, der ihn hier hergebracht hatte, ihm in den Rücken fuhr. Die Türen des Wagens schlossen sich mit einem lauten Knall und um sie herum wurde es wieder dunkel. Es war ein Fehler gewesen, zu versuchen, an die Oberfläche zu gelangen, das wusste Einar jetzt, doch das half ihm nun auch nichts mehr. Er fasste sich an den Rücken – ein Wirbel war getroffen worden – und ein stumpfer Schmerz erfüllte seinen Oberkörper. Seine Lunge verkrampfte sich, wobei Einar nicht ausmachen konnte, ob das nun vom Schmerz oder dem mangelnden Sauerstoff hier drin lag. Er dachte an seine Mutter, an ihren Blick, voller Hoffnung auf ein besseres Leben. Sie hatte ihm von Aurelia erzählt, der Stadt des Reichtums und des Wohlstands, in der die Gebäude den Himmel berührten und die marmornen Straßen das Gold der Sonne spiegelten. Es war ganz anders als Tenevra: Niemand musste hungern, niemand musste leiden und die Hoffnung war nicht ausgestorben. Jeder hatte dort seinen Platz in der Gesellschaft und würde Einar es schaffen, dort aufgenommen zu werden, könnten seine Mutter und seine kleine Schwester nachkommen.

Ein heftiger Ruck holte Einar aus seinen Gedanken und beförderte ihn noch weiter in das Wageninnere. Seine Schultern berührten die der anderen, und er spürte, wie ihre Körper vor Trauer bebten. Sie alle teilten ein Schicksal. Sie hatten versucht, zwischen den perfekten, eiskalten Robotern, die in dieser glänzenden Welt lebten, zu bestehen und waren von der einen in die nächste Hölle geflohen. In Aurelia hatte niemand ein Herz, jeder ging nur seinen Bedürfnissen und Aufgaben nach, und keiner achtete auf die Menschen links und rechts neben sich. Einar hatte wirklich versucht, da mitzuhalten, doch nachdem er mit ansehen musste, wie eine Mutter ihr neugeborenes Kind in den Müll warf, weil es unter einer Erbkrankheit litt, konnte er nicht mehr an sich halten. Er schrie die Frau an und rettete das Kind, doch das war ein Fehler. Jemand hatte ihn beobachtet, die ganze Zeit, seit er an die Oberfläche gekommen war, hatte ein Schatten ihn verfolgt.

"Nicht Menschen sind sie, sondern Kreaturen. Erschaffen, um das Leiden zu beenden, haben sie die Seele der Menschheit verbannt", flüsterte eine leise Stimme neben Einars Ohr, und eine kalte Hand legte sich auf seine Schulter. Er erschauderte, diese Fahrt schien endlos und der Gedanke an das, was auf der anderen Seite auf ihn wartete, schnürte ihm die Kehle zu.

"Junge, erlöse uns von diesem Schmerz. Schütze uns vor dem Unheil", sagte die Stimme jetzt lauter, und Einar spürte, wie ihm ein schwerer Gegenstand in die Hand gedrückt wurde. In der Dunkelheit konnte er nicht genau ausmachen, worum es sich dabei handelte, doch als er seine Finger darüber streifen ließ, erkannte er den Schaft einer Pistole. Sein Herz setzte aus und sein Kopf wurde von einem lauten Dröhnen erfüllt, als er verstand, was die Stimme ihm sagen wollte.

Filou

Oberfläche

Der Transporter hielt mit einem Quietschen vor einem großen weißen Gebäude mit goldenen Verzierungen an der Fassade. Filou beugte sich aus dem Fenster, um einen besseren Blick auf den Wohnsitz der Präsidentin Aries zu erhaschen. Die großen Fenster und die vielen kleinen Türme erweckten den Eindruck einer altertümlichen Kirche.

"Starr nicht so", sagte Kaspar und wies auf die Wachen, die den Transporter argwöhnisch begutachteten.

Filou ließ sich wieder zurück auf den Beifahrersitz sinken und blieb still, während Kaspar die Papiere für den Verkauf hervorkramte. Er machte das anscheinend öfter, so routiniert wie er war. Anders als Filou, der irgendwie durch Zufall an diese Stelle gekommen war. Eigentlich sollte er studieren, wie alle Einwohner von Aurelia, doch seine Mutter starb an einem Herzinfarkt und sein Vater war im Außendienst, weshalb er niemanden mehr hatte, der für ihn aufkommen konnte.

"Bist du der Neue?", fragte einer der Wachen und öffnete die Beifahrertür. Auf seinem Kopf saß ein massiver Helm, und die breite Brust wurde von einer glänzenden Rüstung geschützt.

"Ja, Sir. Ich soll hier das Labor leiten", antwortete Filou und kramte seinen Ausweis aus der Jackentasche. Die Wache musterte das Stück Plastik mit seinen dunklen Augen und deutete ihm dann an, auszusteigen.

"Komm mit, ich bringe dich zu deinem Einsatzort. Mein Kollege übernimmt die Ladung."

Filou kletterte aus dem großen Auto und spürte direkt den kalten Herbstwind auf seinem Gesicht, als sie über das Gelände zu einer großen Eingangshalle liefen. Der Boden glänzte frisch poliert, und durch die Fenster fiel goldenes Abendlicht, das sich an einem Mosaik aufteilte und spiegelte. Die schweren Türen waren gerade hinter ihnen ins Schloss gefallen, als Filou auf einmal Schüsse und Geschrei von draußen vernahm. Er zuckte zusammen und wollte schon zurücklaufen, da packte der Wächter ihn fest am Arm.

"Wohin willst du? Das sind nur die Schreie der Neuankömmlinge. Sie wehren sich häufig, da müssen immer ein paar dafür bezahlen", fuhr er ihn wütend an und zwang ihn weiterzugehen.

Filou nickte kleinlaut, während er spürte, wie sein Arm blau anlief. Am Ende der Halle befand sich eine kleine Holztür, die schon sehr alt zu sein schien. Neben ihr standen zwei weitere Wachen, die kurz nickten, während sie die Tür öffneten.

"Ist sie das?", fragte Filou und löste sich jetzt aus dem Griff des Wächters, um einen Schritt vorzugehen.

"Ja, das ist die Tür nach Tenevra."

Atalaya

Untergrund

Es war wie Folter: das ununterbrochene Rauschen der Monitore, der Gestank von Essensresten, die stickige Luft und die Einsamkeit. Seit einer Woche war Atalaya nun hier unten. Sie hatte hier gegessen, geschlafen und ihr Geschäft verrichtet, ohne eine einzige Sekunde die Monitore aus dem Auge zu lassen. Das war ihr Job. Dafür war sie extra den weiten Weg aus einem der Außenbezirke von Aurelia hierher gegangen. Sie richtete ihre Kleidung, sie hatte es schon fast geschafft. Gleich würde sie eine große Belohnung bekommen und wieder zurück in ihre Heimat dürfen – ganz ohne Geldsorgen.

Wie aufs Stichwort hörte sie Schritte auf der Treppe. Sie richtete sich auf und salutierte, als einer der oberen Wächter mit einem jungen Mann vor sie trat. Der Mann sah etwas verwirrt aus. Die Haare zerzaust, die Augen verschlafen und in der Hand einen großen braunen Koffer aus Leder. Auch er hatte wohl schon eine lange Reise hinter sich.

"Das hier ist Wächter Filou, er wird Sie ablösen."

"Alles klar. Ich gebe Ihnen noch ein kurzes Update, bitte setzen Sie sich." Atalaya wies auf den Stuhl neben sich, und Filou nahm Platz. Der obere Wächter nickte beiden kurz zu und ließ sie dann allein.

"Der Raum 2078b läuft bereits seit 140 Tagen. In ihm waren drei Personen: Roxana Sorx, Barney Coldwater und Sola Opimitas. Alle drei gebürtig aus Tenevra. Roxana wurde nach 100 Tagen eliminiert, da sie keinen Fortschritt zeigte. Die anderen beiden sind jedoch sehr interessant. Sie begannen, Gefühle füreinander zu entwickeln und eine Beziehung aufzubauen."

"Beziehungen sind normal für Personen aus Tenevra, sie sind noch von altem Blut", sagte Filou achselzuckend.

"Ja, nur das Besondere ist, dass Sola kein altes Blut besitzt. Sie wurde damals in Raum

1923g gezeugt."

Atalaya sah Filou mit vielsagendem Blick an, doch in seinen grünen Augen stand nur Leere.

"Raum 1923g wurde vor 19 Jahren geöffnet. In ihm war ein Paar gefangen, das sich sehr liebte, Alek und Maia Elpízo. Der Wächter des Raumes, sein Name war Richard Opimitas, beschloss, Maia mit Aurelia-DNA zu infizieren. Kurz darauf gebar sie ihre Tochter. Sie war komplett anders als ihre Eltern, Sie weinte nie, trotzte nicht und befolgte alle Anweisungen – genau wie ein Baby aus Aurelia."

Filou legte den Kopf beiseite, anscheinend hörte er die Geschichte tatsächlich das erste Mal. "Ein interessanter Versuch, aber trotzdem nichts Neues. Man hat es schon öfter geschafft, Nachkommen aus Tenevra zu Aurelianern zu machen."

Genervt schlug Atalaya die Hand vors Gesicht. Er war sich tatsächlich nicht dem Ernst der Lage bewusst, und jetzt sollte er die ganze Verantwortung übernehmen. "Das war Sola. Sie war die Tochter. Alek und Maia schafften es zu fliehen und sie zu verstecken."

Maia

Untergrund - 16 Jahre zuvor

Ein lauter Schrei durchdrang die angenehme Nachmittagsruhe. Maia stöhnte auf und blickte auf den Babymonitor vor sich. Sola war wach und wippte in ihrem Bett auf und ab. Sie hatte gerade einmal 20 Minuten geschlafen, wahrscheinlich würde sie bald gar nicht mehr mittags schlafen und Maia konnte ihren ruhigen Nachmittag vergessen. Sie stellte die halb leer getrunkene Tasse Kaffee auf den Wohnzimmertisch und stand auf, um ihre Tochter aus dem Schlafzimmer zu holen.

„Mama!", rief die Kleine sofort voller Freude, als ihre Mutter sie aus dem Bett hob und klatschte in die Hände. Maia wuschelte ihr durch die lockigen Haare und gab ihr einen Kuss auf die Stirn während sie zurück ins Wohnzimmer lief. „Hab di lieb", nuschelte die Kleine.

Maia lächelte glücklich. Sie war froh, dass Alek und sie vor einem Jahr diesem Höllenloch entkommen konnten und ihrer Tochter so ein einigermaßen angenehmes Leben bieten konnten. Tenevra war zwar nicht mehr voller Glanz, doch trotzdem bewiesen die Menschen hier mehr Charakter als die leblosen Roboter an der Oberfläche. Sola strampelte sich sofort frei, als sie ihre Puppen sah und Maia wandte sich wieder ihrem Kaffee zu, als sie plötzlich ins Stocken geriet. Die Tasse war leer ... Sofort setzte ihr Herz aus und Schweiß trat auf ihre Stirn. Sie blickte sich hastig um, der Babymonitor fehlte auch.

„Sola, komm sofort her!“, befahl sie ihrer Tochter, doch da war es schon zu spät. Er war hier, er hatte sie gefunden, in der rechten Hand eine Waffe auf Maia gerichtet und in der linken die kleine Hand ihrer Tochter.

„Richard“, hauchte sie und in ihr krampfte sich alles zusammen.

„Ich hatte Recht“, sagte der Mann vor ihr und grinste. „Sie fühlt etwas, sie empfindet Liebe und Freude.“

„Bitte, lass sie in Ruhe. Du kannst mich haben, aber nicht meine Tochter“, flehte Maia und Tränen schossen ihr in die Augen. Richard lachte laut und trat einen Schritt auf Maia zu. Zwischen dem Lauf seiner Pistole und ihrer Stirn befanden sich jetzt nur noch wenige Zentimeter.

„Du weißt, dass ich dich nicht mehr brauche. Du hast mir bereits die Lösung geliefert. Das Mädchen ist die perfekte Verbindung unserer zwei Welten. Sie ist diszipliniert und zurückhaltend, aber auch voller Leben und Empathie. Sie besitzt eine große Gefühlswelt, aber sie lässt sich davon nicht beherrschen. Sie ist eine komplett neue Generation Mensch, in der Lage, uns alle zu beherrschen. Mit ihr können wir wiedergutmachen, was damals schiefgelaufen ist.“

„Aber sie ist doch noch ein Kind, sie braucht ihre Mama“, Maias Stimme klang brüchig.

„Keine Angst, sie wird eine Mutter haben“, waren Richards Worte, bevor die Nachmittagsruhe erneut durch ein lautes Geräusch durchdrungen wurde.

Ende

Oberfläche - 2400

Es war endlich so weit, es war Zeit, dass erneut eine neue Ordnung eintraf, und dieses Mal würden sie alles richtig machen. Dieses Mal würde die ganze Stadt brennen, dieses Mal würde keiner entkommen, und dieses Mal würde die neue Generation Mensch keine Fehler machen, da waren sich alle einig. Seit vor 100 Jahren das neu entwickelte Gen einer jungen Frau im Laboratorium abgegeben wurde, entwickelten die Forscher fleißig eine neue Art der Genmanipulation, um den perfekten neuen Menschen zu kreieren. Ein Mensch, der nicht so impulsiv und gefühlsgesteuert ist wie die Einwohner von Tenevra vor 800 Jahren, der aber auch nicht so kalt und fremdgesteuert ist wie die Einwohner von Aurelia. Diese Art Mensch würde in komplett neue Dimensionen vordringen können und sich schneller entwickeln als jemals jemand zuvor. Ihr Projekt geht damit in die dritte Runde und wird schon bald so erfolgreich sein, dass sie es hinaus in die ganze Welt tragen würden.

„Lasst das Feuer los, und zwar soll es dieses Mal alles niederbrennen, niemand soll sich schützen können. Wir brauchen dieses Mal keine Überlebenden für weitere Forschungszwecke. Wir haben versucht, die Einwohner von Tenevra systematisch zu unterdrücken und zu isolieren, um sie als Diener der Elite zu nutzen, doch das hat eher das Gegenteil bewirkt“, sagte einer der Forschenden.

„Sind Sie sich sicher? Was ist mit den Räumen? Sollen wir nicht trotzdem weiter nach neuen Mutationen forschen?“, warf ein anderer ein.

„Ich bin mir zu 100 Prozent sicher, die Räume waren ein Fehler, dort ist zu viel schiefgelaufen. Dieses Mal arbeiten wir nicht mit Lebenden.“

Es dauerte keine Stunde, da stand Aurelia in Flammen. Die Flammen schossen weit in den Himmel und brannten alles nieder, was sich ihnen in den Weg stellte. Sie würden nichts mehr übrig lassen, auch nicht das, was sich unter der Stadt befand.

Und auf der Asche bauten sie eine neue Stadt, eine Stadt mit kleinen Häusern, großen Gärten, liebevoll eingerichteten Cafés und genügend Spielplätzen für die Kinder. Hier konnte jeder seinen Hobbys nachgehen, sich mit anderen Leuten treffen und der Kreativität freien Lauf lassen.

NORMA BRÄUTIGAM

Mein Name ist Norma Bräutigam, ich wurde 1995 in Weinheim geboren und lebe heute mit meiner Familie in Sindelfingen. Schon seit ich denken kann, nutze ich das Erzählen von Geschichten, um meine Gefühle auszudrücken. Angefangen habe ich mit selbst gemalten Comics und entwickelte mich über zahlreiche Kurzgeschichten bis hin zu meinem ersten veröffentlichten Sci-Fi-Roman.

Meine Figuren entwickeln oft ein Eigenleben, und ihre überraschenden Wendungen erstaunen mich selbst. Als Herbstkind und Halloween-Fan lasse ich gerne auch etwas Morbides in meine Werke einfließen.

Beruflich arbeite ich als Wissenschaftlerin und habe Erfahrung im Film und Fernsehen. In meinen Charakteren steckt immer auch ein Teil von mir selbst: zielstrebig, emotional und oft fehl am Platz.

Loved this book?
Why not write your own at story.one?

Let's go!